Couvertures supérieure et inférieure
en couleur

COUVERTURES SUPERIEURE ET INFERIEURE D'IMPRIMEUR.

Scènes de la vie des
Mineurs

1912

interdire provisoirement la sonnerie. Le Curé devra se conformer à cette interdiction et en prévenir l'Evêque.

## Art. 9

Les cloches ne pourront être sonnées pour aucune autre cause que celles ci-dessus prévues, sans qu'il en ait été référé par le Maire au Préfet, par l'intermédiaire du sous-Préfet, et par le Curé à l'Evêque, et sans qu'il soit intervenu une décision des deux autorités supérieures qui se concerteront à cet effet.

En cas de désaccord entre l'Evêque et le Préfet, la question sera soumise à la décision de M. le Ministre des Cultes.

## Art. 10

# SCÈNES DE LA VIE DE MINEUR

In-12. — 1re SÉRIE.

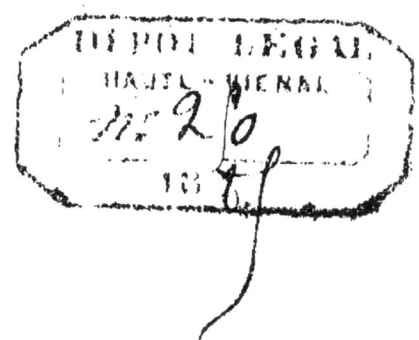

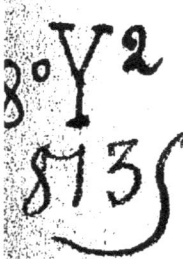

Dans la mine

# SCÈNES
# DE LA VIE DE MINEUR

IMITÉ DE L'ANGLAIS

PAR

A. OSMONT,

LIMOGES

MARC BARBOU & Cie, IMPRIMEURS-LIBRAIRES

Rue Puy-Vieille-Monnaie

# SCÈNES DE LA VIE DE MINEUR

## CHAPITRE I

Dans les vastes déserts de la Hongrie septentrionale, au milieu de plaines arides et de landes incultes, l'on peut voir un petit coin de terre privilégiée. Ses riches filons métallifères ont en effet permis d'y établir une industrie productive : l'exploitation de mines d'or, d'argent et de cuivre.

La petite ville de Schemnitz est le principal centre des travaux d'exploitation. Les mines sont, ordinairement, percées dans les flancs de la montagne, dans des directions de sens divers.

Les carrières sont reliées entre elles par des corridors souterrains de plusieurs milles de longueur, éclairés seulement, à de rares intervalles, par des lampes de mineur.

Le sommet de la montagne est occupé par la ville. Aux alentours, sont dispersées çà et là les modestes habitations des mineurs et de leurs familles.

C'est sur une de ces maisonnettes que nous prierons le lecteur d'arrêter un instant son attention.

Cette cabane est basse, possède une seule fenêtre, et est à demi cachée par les arbres.

Ses murs, blanchis à la chaux, se laissent voir à travers le feuillage.

Si nous entrons un moment, nous verrons une petite salle dont l'ameublement serait, en France, considéré comme assez pauvre : pour un paysan hongrois, il y a là presque du luxe.

A l'époque où se passait notre récit, le maître de la maison était un mineur du nom de Dick. Ce robuste et laborieux onvrier gagnait, au jour le jour, sa nourriture, du travail de ses mains, et s'estimait ainsi heureux et riche. Il n'avait jamais connu qu'un chagrin : la mort de sa femme enlevée à la fleur de l'âge en lui laissant sur les bras trois enfants. Toutefois, le temps avait adouci son chagrin, et lorsque le soir le père revenait fatigué du travail des mines, et voyait ses trois petits enfants empressés à lui plaire

1.

par leurs caresses et leurs prévenances, il cessait de pleurer celle qui n'était plus. Il se contentait alors d'entretenir ses enfants de son tendre souvenir.

Examinons les enfants du mineur au moment où ils sont assis sur le gazon aux pieds de leur père : Il y a trois garçons et une fille.

L'aîné, Michel, est un robuste et hardi garçon de quatorze ans. Sa peau brune et claire perce à travers les trous de ses habits. (Pauvre enfant ! il n'a plus la sollicitude d'une mère pour prendre soin de ses vêtements !) Ses beaux yeux bleus étaient très vifs, et de longues mèches de cheveux bouclés tombaient sur ses épaules.

Georges, le cadet, était un enfant frêle et délicat, paraissant aussi faible que son frère était robuste. Il avait sur les épaules un petit manteau assez élégant qu'il attachait autour de sa taille lorsque venait la fraîcheur de la nuit.

L'on pouvait voir aussi la petite Charlotte, la plus jeune des trois. Presque toujours elle était assise sur les genoux de son père, appliquée à un travail de couture. Elle ne pouvait prendre part ni à la conversation, ni à l'hilarité de son père et de ses frères ; mais ses grands yeux noirs pleins de douceur se tournaient rapidement dans toutes les directions. La pauvre enfant était sourde-muette de naissance. Toutefois, la pénétration de son regard et sa vive intelligence remédiaient presque entièrement à son infirmité. Son père et ses frères lui faisaient comprendre facilement tout ce qu'ils voulaient, et l'aimable petite fille était pour la famille un véritable trésor. Elle se chargeait de la cuisine et des occupations domestiques réservées habituellement à des personnes plus âgées. Ses petits doigts n'étaient jamais inactifs, et, bien que la pauvre enfant ne marchât que comme une ombre silencieuse, sa présence apportait toujours de la joie.

Après le souper qui consistait en un morceau de pain blanc et de fromage, Dick et ses trois enfants sortirent pour s'asseoir à la porte de la maison. Un vaste et beau paysage s'offrait à leurs regards. D'un côté, des collines rangées en amphithéâtre, de l'autre la ville de Schemnitz avec ses rues longues et étroites, et son antique clocher qui se perdait dans les nues. Un bruit monotone se faisait entendre de la plaine située derrière la ville : c'était le bruit des machines destinées à forger et à pulvériser les minerais d'argent. A cette époque de l'année, les arbres étendaient leur frais ombrages sur les collines environnantes, et l'aspect était véritablement enchanteur.

Les derniers reflets du soleil couchant qui éclairait ce tableau remplissaient l'âme des plus douces émotions. C'était sans doute à ces sentiments que se livrait le pauvre mineur qui passait tant de moments sous la terre dans une atmosphère sombre et malsaine. La petite Charlotte, pour qui la lumière et la couleur étaient tout, joignit les main et exprima par un radieux sourire le charme qu'elle éprouvait. Michel et Georges étendus sur le gazon, comptaient les arbres fruitiers attachés à chaque habitation et estimaient par leurs calculs quels étaient ceux de ces arbres qui devaient à l'automne prochain produire la récolte la meilleure et la plus abondante.

Tout à coup Charlotte désigna du doigt un petit nuage sombre qui voilait la face du soleil. Michel regarda et reconnut que c'était le signal d'un de ces terrible ouragans qui de temps à autre, étendent leur fureur et leurs ravages sur les montagnes de la Hongrie, horribles tempêtes qui s'écoulent sur le penchant des collines avec la force d'un torrent, déracinent et anéantissent tout ce qui leur fait obstacle.

« Regarde, père, s'écria le petit garçon, la tempête arrive. »

Dick se leva; mais à peine avait-il détourné les yeux, qu'il tenait en ce moment dirigés de l'autre côté de la cabane, que la sombre tache s'était évanouie parmi les nuages aux riches couleurs qui escortaient le soleil couchant.

« Vous me dérangez inutilement mon

» enfant, reprit le mineur, la tempête est
» loin ; et, lors même qu'elle viendrait,
» nous avons peu à redouter d'elle ; notre
» chalet est en sûreté ; il faudrait un fier
» ouragan pour abattre ces murs énormes.
» Ainsi, mes enfants, ne craignez rien et
» allons nous coucher. »

Pourtant, Charlotte garda longtemps son doigt fixé sur l'endroit où elle avait vu apparaître la tache sombre, et il ne fallut pas moins que tous les sourires de Michel et les signes de Georges pour la rassurer un peu. Elle avait présente à l'esprit la dernière tempête qui avait déraciné son joli laurier-rose et l'avait entraîné dans le torrent au milieu des rocs et des arbres arrachés à la colline.

Les craintes de la jeune fille n'étaient pas sans fondement ; au milieu de la nuit la tempête survint, Michel et son père furent réveillés par le bruit du torrent, et en un moment l'appartement dans lequel ils reposaient fut inondé jusqu'à la hauteur des genoux. La violence du torrent avait brisé la porte et menaçait d'ébranler les fondements de la maison. Michel entendit se briser les poutres et crut un moment que le toit lui tombait sur la tête. Dans l'obscurité il se dirigea péniblement vers le lit de son père, mais il ne l'avait pas encore atteint qu'il entendit la chute d'une poutre, suivie d'un cri déchirant. Le pilier de la porte avait cédé au torrent et était tombé sur l'infortuné mineur. Au milieu de ses gémissements, tout ce que Michel entendit ce fut le cri répété de « Charlotte ! Charlotte ! » Michel, sachant à peine ce qu'il faisait, se précipita dans la chambre où dormait sa sœur. Elle reposait insouciante et calme; dormant du sommeil du juste, tandis que son lit surnageait à la surface du flot qui avait envahi son appartement. Michel prit sa sœur dans ses bras et la porta dehors sur un petit monticule qui formait à présent une sorte d'île dans le courant. Alors Charlotte s'éveilla; elle porta tout autour d'elle des regards étonnés, et en un moment sembla tout comprendre. Frappée de terreur, elle tomba évanouie... Avec un courage qui tenait presque du prodige, Michel réussit à traîner son père inanimé auprès de Charlotte. C'est là que, au point du jour, toute la famille se trouva réunie, sans asile et sans secours. Le torrent était maintenant écoulé. Il avait tout épargné dans sa dévastation, excepté la maison du pauvre mineur.

Combien donc était vaine la présomption de celui-ci qui la veille se flattait d'être à l'abri du danger!

## CHAPITRE II

Il n'y a rien de plus profondément charitable que le pauvre. A peine le lever du soleil eut-il montré les ravages de la nuit et le malheur de Dick, que de pauvres gens vinrent l'assister dans la mesure de leurs forces. Il ne restait de la maison de Dick que des ruines informes. Son voisin, mineur également, et plus pauvre que lui la veille encore, accourut pour le secourir,

« Mon ami Dick, dit-il, je désirerais vous
» porter tous à mon foyer; mais vous
» savez que j'ai chez moi sept enfants et
» leur mère malade, et seulement un ap-
» partement pour toute cette famille. Mais
» voici ce que nous ferons, nous mettrons
» hors de l'étable notre vache et notre
» porc. Michel et mon fils m'aideront à
» nettoyer la place et à rendre la pièce un
» peu habitable. Je vous procurerai des
» paillassons sur lesquels vous pourrez
» vous coucher. Grâce à Dieu, nous som-
» mes maintenant en été. Courage, voisin,
» votre embarras finira d'une manière ou
» d'une autre. »

Mais ce bienveillant encouragement fut
perdu pour le malade. Il demeurait les
yeux fermés et semblait ne rien voir. La
petite Charlotte se pencha sur son père et

le regarda d'un œil terrifié, tandis que Michel se pencha de l'autre côté et pleura amèrement.

« Qu'a-t-il donc? s'écria Kosluth le mi-
» neur. Michel aidez-moi à soulever votre
» père et portons-le dans un endroit abrité;
» il paraît bien mal. ».

En le prenant ils s'aperçurent que son bras droit avait été presque complètement broyé par la chute de la poutre. A cette vue, Georges poussa un cri perçant, et le cœur manqua à Michel lui-même; car il reconnut que son père serait désormais incapable de manier le marteau du mineur. Kosluth le reconnut aussi, et le regard qu'il jeta sur son voisin était rempli de la plus profonde compassion. En peu de temps, l'infortuné Dick fut déposé sur le lit qu'on lui avait préparé dans la hutte. Kosluth sortit pour son travail aux mines après avoir envoyé Georges et l'aîné de ses fils demander les secours du chirurgien. Michel resta seul à veiller auprès de son père.

Bien anxieux était le pauvre enfant en entendant la toux sèche et les gémissements du malade qui continuait à rester inanimé. La petite Charlotte, revenue de sa fatigue et de sa terreur, s'était endormie la tête appuyée sur l'épaule de son frère. Michel n'osait remuer craignant d'éveiller sa petite sœur. Il demeurait donc assis, l'esprit torturé par de douloureuses pensées et en dépit de ses quatorze ans et de son courage tout viril deux grosses larmes glissèrent sur ses joues.

Il ne craignait pas de voir mourir son père. Habitué à la vie et aux travaux des mines, il avait souvent entendu parler de

ces sortes d'accidents, et il savait que la
fracture d'un bras est rarement un accident mortel. Mais, Michel songeait aux
souffrances de son père, aux frais de sa
maladie, et il se demandait aussi ce que
deviendraient Georges et la pauvre petite
Charlotte.

Tout ce qu'il pourrait gagner de ses bras
ne suffirait pas même à nourrir la famille
de pain sec et d'eau. L'enfant tremblait
d'inquiétude en songeant à l'avenir. C'était
la première fois qu'il éprouvait ces sentiments, car les enfants ont la coutume de
s'attacher au présent sans s'inquiéter de
l'avenir. Avant le malheur, la famille du
mineur avait toujours vécu au jour le jour
sans songer au pain du lendemain.

Cependant Charlotte s'éveilla; d'abord
elle parut alarmée, puis elle recueillit peu

à peu ses souvenirs. Elle jeta ensuite un coup d'œil investigateur tout autour de la hutte.

Michel hocha tristement la tête. « Pauvre » enfant, pensa-t-il, il n'y a rien ici pour » préparer le dîner », et il essaya de lui faire comprendre qu'il fallait attendre le retour de Georges.

Charlotte lui répondit par un paisible sourire et elle fut s'asseoir patiemment dans un coin. Mais cette demande n'avait fait que rendre plus poignante l'inquiétude de son frère. Dans son angoisse, il ne savait que répéter ces mots de la prière qu'il avait apprise sur les genoux de sa mère : « O mon Dieu donnez-nous notre pain » quotidien ! »

La prière sembla réconforter l'enfant. Bientôt le docteur vint avec son aide pour soigner Dick, et la femme de Kosluth apporta une grossière mais abondante nourriture pour les enfants. Michel se sentit déjà beaucoup moins désespéré qu'au moment où, transi, affamé, plein de soucis, il s'était assis à côté de son père. Dick tomba dans un sommeil calme et la femme du mineur prit la petite Charlotte dans sa propre maison. Alors Michel laissa Georges auprès de son père, courut à la maison pour voir si, du désastre, il était resté quelques objets en état de servir encore. Il trouva la table et les bancs peu endommagés, mais le poële était entièrement détruit. En pénétrant au travers des débris du toit, dans la chambre de Charlotte, on voyait à ciel ouvert. Au milieu du parquet, se trouvait une flaque d'eau dans laquelle surnageait un petit tableau que l'enfant affectionnait beaucoup et qu'elle a-

**2**

vait appliqué sur le mur. C'était là le seul or-
nement de toute la maison. Michel essaya
de retirer de l'eau cette gravure ; mais elle
était entièrement perdue. Malgré tous ses
soins, il eut la douleur de prévoir le chagrin

de sa petite sœur en apprenant la perte de
cette simple bagatelle. Il réussit toutefois
à ressaisir quelques articles d'habillement et
de ménage : il employa toute l'après-midi
à les faire sécher au soleil et à les disposer

dans la hutte de manière à la rendre aussi habitaßle que possible.

Lorsque Kosluth revint des mines, il se mit à arranger les diverses pièces du ménage.

Ils trouvèrent aussi et racommodèrent un vieux poèle, grâce auquel ils purent se défendre contre le froid glacial qui, même au milieu de l'été, se fait sentir dans les montagnes de la Hongrie. Au coucher du soleil, Michel termina son travail ; il s'efforça de rendre le lit de son père aussi doux que possible, afin qu'il pût goûter un paisible sommeil, et il rendit la petite Charlotte tout heureuse, en lui apprenant qu'elle irait coucher avec les enfants du bon mineur. Il fut alors s'asseoir avec son frère, pour prendre son frugal repas, et aviser à ce que l'on aurait à faire. Michel commença l'entretien avec toute la gravité d'un jeune conseiller d'état : « Georges dit-il, j'ai besoin « de vous parler, il faut m'écouter attentivement et me dire ce que vous pensez. »

Le petit garçon éleva sur son frère deux grands yeux bleus et dit gravement : « Oui, « Michel, je veux bien, mais il faut parler « bas à cause de papa. » — « Il dort main- « tenant notre pauvre père, reprit l'aîné tris- « tement. Georges savez-vous quel terrible accident l'a frappé ? Il ne pourra plus jamais travailler aux mines et nous apporter ses gages à la maison. » L'enfant devint effrayé : « Mais, mon frère, comment ferons-nous pour vivre si notre père ne peut plus travailler ? — Nous travaillerons pour lui, Georges, et c'est cela que j'avais à vous dire en ce moment. Il y a seulement, vous le savez, deux ans de différence entre nous, et, bien que vous ne soyez pas très fort, vous avez beaucoup de jugement. Aidez-moi donc à réfléchir sur ce que nous avons à faire.

Michel connaissait l'effet des éloges sur son frère. La physionomie de l'enfant s'illumina, et sa nature un peu indolente acquit tout à coup de l'énergie grâce à ces paroles bienveillantes. Il reprit vivement : « Bien, Michel, qu'avons-nous à faire ? »

« Vous savez que notre père gagnait jadis un florin et demi par semaine en travaillant une heure par jour, dit Michel, d'un air grave et affligé. Moi, je travaille quatre heures par jour, et l'on me donne seulement un demi florin. Cela ne saurait nous suffire pour toute la semaine ? Toutefois, bien que je ne puisse travailler comme un homme fait, je suis très fort pour un jeune garçon, et je pense qu'en allant me présenter au *Bergamt*

2.

et en expliquant l'accident qui nous est arrivé, on me permettra de travailler huit heures par jour et de gagner ainsi un florin par semaine. »

Ici nous devons interrompre la converlation des deux frères, pour expliquer que le Bergamt est une sorte de conseil composé des principaux agents de l'exploitation des mines qui se réunissent régulièrement pour discuter tous les sujets relatifs à exploitation, aux gages des mineurs, etc. Toutes les décisisions du Bergamt sont soumises à la ratification du directeur principal des mines. Ce directeur est ordinairement un noble personnage de haut rang résidant dans le voisinage des trois villes d'exploitation Schemnitz, Kremnitz et Neusohl, qui sont situées à une courte distance l'une de l'autre.

Les yeux de Georges devinrent encore plus grands à cette hardie proposition de son frère. Parler au Bergamt, cela lui paraissait aussi audacieux que de s'adresser à l'Empereur lui-même.

« Quoi ! Michel, dit-il, vous oserez vraiment parler à ces grands seigneurs, et vous pensez qu'ils vous écouteront ! »

« — Je ne vois pas pourquoi je serais blamé d'être un pauvre enfant ; j'ai travaillé aussi courageusement que qui que ce soit des mineurs, les douze derniers mois. Nul ne saurait affirmer que je ne suis pas un honnête garçon, car je n'ai jamais dérobé ni une goutte de l'huile, ni un grain de la poudre que l'on nous donne pour notre usage dans les mines, tandis que les autres mineurs dérobent une grande quantité de ces provisions chaque semaine. Je ne suis

pas le moins du monde honteux de moi-même, Georges. Et Michel releva fièrement
la tête en faisant tomber sur ses épaules
ses longues mèches de cheveux bouclés.

» Mais poursuivit le timide Georges, nul
ne fera attention à vous avec vos pauvres
vêtements et votre langue hongroise,
lorsque tous ces grands messieurs parlent
la langue allemande pure. »

C'est bien à eux de rougir plutôt de
leur langage : mais ils m'écouteront, bien
que je parle le Hongrois, reprit fièrement
l'aîné des frères.

— « Eh ! bien, Michel, je pense que tu
feras bien d'agir ainsi. Quand la prochaine
réunion du Bergamt aura-t-elle lieu? »

— « Demain, et si l'on veut me laisser
commencer mon travail la semaine prochaine, je gagnerai un florin entier, et.... »

— Ne puis-je rien faire moi, mon frère interrompit Georges. Vous savez que j'ai travaillé aux mines six mois avant ma maladie, bien que, par la suite, mon père n'ait jamais voulu m'y laisser mettre les pieds. Mais à présent je suis robuste et de bonne santé, je puis aider à porter le minerai et gagner ainsi un demi-florin. Toutefois, mon étourderie et mes faciles terreurs me font désirer de travailler près de vous au Bergamt.

— « Voilà un hardi garçon, s'écria Michel avec enthousiasme ; vous serez bientôt plus courageux que moi. Venez, nous irons ensemble demain, et nous essayerons de nous procurer du travail.

— » Mais, vous ne me ferez pas parler à tous ces grands messieurs, n'est-ce pas mon frère ? dit le jeune enfant déjà presque alarmé de sa propre audace.

— Non, non, Georges, ne vous effrayez pas, je ferai tout le discours. Je suis certain que, ces messieurs déploreront notre malheur et qu'ils seront bienveillants pour nous lorsqu'ils apprendront ce qui nous est arrivé. Ainsi ne pensez plus à tout cela, mon cher petit frère, mais apportez votre natte auprès de la mienne, et allons nous endormir. Georges fit ce qu'on lui disait, et, après quelques instants, sa respiration régulière annonça qu'il jouissait d'un sommeil réparateur. Mais Michel veilla longtemps. Il regardait les deux ou trois étoiles que l'on entrevoyait à travers un trou du mur, et, malgré tout ce qu'il avait pu dire à son frère, ce n'était pas sans inquiétude qu'il songeait à la manière dont le lendemain il aborderait le terrible Bergamt.

## CHAPITRE III

Au point du jour, Michel se leva et se dirigea vers les mines afin d'accomplir sa tâche ordinaire et de pouvoir ensuite exécuter son dessein en toute sécurité. Le malade était un peu mieux, grâce au dévouement de ses enfants et aux bons soins de la femme de Kosluth. Charlotte employa ses petits doigts agiles à préparer les habits du dimanche de ses frères par condescendance au désir qu'ils avaient manifesté.

Cependant, Michel était revenu, et les deux enfants se retirèrent pour faire leur toilette. Lorsque cette importante affaire fut terminée, ils se présentèrent à Charlotte qui leur adressa un sourire approbateur. Certainement Michel et Georges étaient de charmants petits paysans tels qu'on les voyait alors, dans leurs habits du dimanche, avec leurs pantalons blancs comme la neige, leurs brodequins bien luisants, et cette fantastique mantille particulière à la Hongrie. Leur tête était couverte d'un de ces larges chapeaux dont les rebords immenses cachent la tête et le cou.

Vêtus ainsi de leurs plus beaux atours, les deux fils de Dick partirent pour leur audacieuse entreprise. En route, Michel employa tout son talent à encourager son timide compagnon. Lorsqu'ils arrivèrent à la porte du Conseil, Georges tremblait de tous ses membres. Un Hongrois taillé en hercule et vêtu de l'uniforme des hussards les arrêta.

— « Nous sommes les deux fils d'un mineur ; toute sa maison a été détruite par le torrent et nous désirons nous présenter devant le Bergamt, dit Michel sans se troubler. »

— « Vous êtes un hardi petit gaillard, dit le hussard en souriant ; mais je ne puis cependant vous laisser entrer. »

Le premier mouvement de Michel fut de se fâcher ; le second, plus sage, fut d'essayer de fléchir la sentinelle. Ce fut en vain, Georges tenait son frère par le bras sans dire un mot. Tandis que les deux enfants se tenaient éplorés à la porte, il survint un Monsiëur qui adressa à la sentinelle quelques mots en allemand ; il se tourna ensuite vers Michel et l'aborda en lui parlant la langue Hongroise.

Le visage de l'enfant rayonna de joie, et il fit à ce Monsieur la même réponse qu'il avait faite au hussard.

« Et qu'avez-vous à dire au Bergamt, mon petit ami ? demanda le personnage d'un ton affable. »

Michel se sentit effrayé de l'audace de son entreprise. Il n'y avait plus toutefois à reculer ; aussi, usant du titre de noblesse que les Hongrois prodiguent à leurs supérieurs de tout rang : « Je dirai tout devant le Bergamt si votre Grâce, répondit-il, veut me permettre d'entrer. »

L'étranger se mit à rire : « Vous êtes un singulier petit garçon, dit-il, avec votre

contenance hardie et vos graves paroles ;
néanmoins vous serez admis. »

— « Ouvrez la porte, Etienne. »

Avant que Georges sût encore où il était,
il se trouvait déjà avec Michel en présence
de la redoutable assemblée. C'était une
petite salle remplie de personnages de
de tout rang ; les uns portant le costume
national des gentilshommes Hongrois,
d'autres chamarrés d'or et de bijoux. Ils
parlaient d'une voix grave en langue allemande. Cette langue étrangère effrayait
Georges et causait à Michel du déplaisir et
de l'ennui, car la haine de la Germanie et
de la langue germaine s'imprime dès l'enfance dans le cœur de tout paysan Hongrois.

Le Monsieur à la complaisance duquel
les deux enfants devaient leur entrée, atten-

dit qu'il y eût une interruption dans la discussion pour présenter ses jeunes protégés. Le président dë la Cour sembla prêter attention à ses paroles, et, se tournant vers l'aîné, il lui demanda son nom :

« Michel Dick, » répondit notre petit héros.

— « Et, que venez-vous faire ici ? »

Michel, à cette question, essaya de se rappeler la longue harangue qu'il avait préparée la nuit précédente. Mais il était si troublé que tout son beau discours était sorti de sa tête ; aussi raconta-t-il simplement le touchant récit de ses malheurs.

«Monseigneur, dit-il, nous sommes deux pauvres enfants, les fils d'un mineur ; la tempête a détruit notre maison et blessé notre père, de sorte qu'il ne peut plus travailler ; nous voudrions travailler à sa place. »

— « Très bien ; mais je ne vois pas trop bien ce que vous pouvez nous dire à ce sujet, répondit le Président. »

Alors Michel avec vivacité lui explique sa demande. Les deux frères pourraient faire le même travail que le père, et par conséquent recevoir les mêmes gages : un florin et demi par semaine. Et Georges auquel la chaleur de l'action avait donné un courage inaccoutumé, tomba à genoux à côté de son frère appuyant sa demande de sa voix tremblante, les yeux fixés sur la physionomie de leur premier protecteur.

« Oh ! Monseigneur, dit-il, permettez-nous de travailler pour notre père qui est si souffrant, et pour la pauvre petite Charlotte. »

— « Qu'est-ce que cette petite Charlotte ? mon cher enfant. » dit l'étranger en posant sa main sur la tête de Georges.

— « Notre petite sœur, répondit Michel, car Georges effrayé du son de sa pauvre voix fondit en larmes, notre sœur qui est sourde et muette. »

Une expression de douleur se peignit sur le visage du protecteur, et il se détourna. Un autre Monsieur qui était auprès de Michel lui souffla à l'oreille de ne rien dire de plus sur Charlotte. L'enfant tremblait que toutes ses espérances ne fussent déçues, mais il se trompait. Après quelques minutes, l'étranger pour lequel tous paraissaient avoir beaucoup de respect et de considération prit la parole d'une voix calme et digne et en langue Hongroise.

« Messieurs, dit-il, il est rare que j'intervienne dans vos affaires ; mais en cette circonstance, je serais heureux de voir réussir la pétition de ces enfants. Ils travailleront de leur mieux, et si leur salaire excède pour le moment leur travail, ce point ne saurait être d'une grande importance, dans une affaire aussi légère. »

En ce moment, un membre officieux du Bergamt relève la tête avec un sourire courtois, mais ironique, et dit : « Il n'y a pas de paysans ici, je pense ; il serait donc préférable que le digne comte de Radotzky y parlât la langue allemande, plutôt que la langue vulgaire. »

Celui-ci jeta sur l'interrupteur un regard de dédain et répliqua : « Moi, noble hongrois, j'aime à parler à mes concitoyens dans ma propre langue. Chacun est libre de m'écouter ou de ne pas m'écouter. »

Puis il continua plus doucement ; « Voici ce que je veux dire : je désire assister ce pauvre mineur que le fléau a tout à coup réduit à la misère, et cela non par de riches présents, ce qui serait hors de propos, mais en procurant à sa famille une aisance relative, jusqu'à ce que les enfants puissent avoir eux-mêmes la satisfaction d'acquérir cette aisance par leur propre travail. Qui veut s'unir à moi pour cette bonne action ? — » Il déposa sur la table une grosse pièce d'argent, à laquelle il vint promptement s'en ajouter d'autres, et les deux frères dont le visage était inondé de larmes de reconnaissance sortirent en emportant assez d'argent pour relever la vieille cabane et pourvoir à tous les besoins de leur père malade jusqu'à sa guérison. C'est dans ces sentiments que Michel et Georges revinrent à la maison, s'émerveillant de tout ce qui leur était arrivé et surtout de la bienveillance inespérée du comte Radotzky.

« Je ne sais pas pourquoi il s'est retourné lorsque vous avez dit que notre sœur était sourde, observa Georges, ni pourquoi l'on nous a dit de ne plus parler de Charlotte. »

Michel ne pouvait donner d'explications à ce sujet, et les deux enfants étaient toujours plongés dans le même étonnement lorsqu'une légère tape sur l'épaule de l'aîné le fit tressaillir.

C'était le comte Radotzky. Sa physionomie, et sa contenance étaient agitées, lorsqu'il dit brusquement : « Mon enfant, vous m'avez dit que vous avez une sœur qui est muette ? »

— « Oui, répondit l'enfant en hésitant un

3.

￼u, car il se rappelait l'avis qu'on lui avait donné. »

— « Bien, parlez-moi un peu d'elle est-elle ainsi depuis sa naissance ? »

Charlotte.

— « Oui, Monseigneur. »

— « Et elle est sourde aussi ? Comment vous y prenez-vous donc avec elle ? »

— « Oh ! nous pouvons faire comprendre à Charlotte ce que nous voulons ; elle est si vive et si intelligente. ! Elle n'est pas triste du tout, elle est d'un caractère très enjoué. »

— « Et comment lui apprenez-vous ce que vous voulez ? demanda vivement le Comte. »

— « Par signes, votre Grâce » répondit Michel. Oh ! Charlotte les comprend très bien :

Tous les traits du noble personnage paraissaient troublés par l'anxiété et l'émotion.

— « Mon enfant, je demeure à Pikos, dit-il, c'est un château éloigné de quelques milles. Venez-y demain et amenez-moi votre sœur ; je voudrais la voir. »

Il partit et les deux frères retournèrent à

la maison tout étonnés de voir le comte
Radotzky si préoccupé, et se demandant
pourquoi il voulait voir Charlotte.

## CHAPITRE IV

Le lendemain, Michel avait un grand nombre d'affaires à régler. D'enfant, il semblait être devenu homme en l'espace de quarante-huit heures. Il paraissait si posé et si réfléchi, que son frère et sa sœur le regardaient avec surprise. Mais Michel voyait que, jusqu'à la guérison de son père, il était en quelque sorte le chef de la famille, et il voulait à tout prix se rendre digne du rôle qui lui incombait. C'était un enfant à sentiments élevés, et son père avait réellement sujet d'être fier de lui. La première chose que fit Michel fut d'aller chez ses voisins et de chercher des ouvriers pour relever avec lui la vieille cabane. Il trouva à cela peu de difficulté, même parmi les personnes qui ignoraient ses nouvelles ressources parce que tout le monde aimait Michel et pensait du bien de lui. Quelques personnes essayèrent de détourner les enfants de leur intention de travailler aux mines à la place de leur père, et dirent à Michel que ses forces ne lui permettraient pas de travailler huit heures par jour, mais l'enfant ne se découragea pas.

— « Nous verrons, répondait-il ; je ne manquerai pas de forces, car je ne manquerai jamais de courage. »

Et, en vérité, son courage semblait lui donner des forces, tandis qu'il aidait ses voisins à reconstruire sa chaumière. La gaieté renaissait peu à peu dans son cœur, car Dick était un peu mieux, et Michel pensait qu'en rentrant entre ses vieux murs, la santé lui reviendrait complètement.

C'était là une agréable surprise qu'il voulait lui ménager. Charlotte elle-même semblait comprendre que quelque événement heureux était survenu ou sur le point de survenir, car elle paraissait vive et joyeuse, et se tenait continuellement aux côtés de son père, pour observer les progrès de sa guérison. En France, la construction d'une maison est regardée comme une affaire importante; mais en Hongrie, les chaumières sont d'une architecture simple et grossière, et, si elles sont faciles à détruire, elles sont aussi faciles à relever. Au coucher du soleil, la chaumière était déjà au moins à demi reconstruite, et les tristes débris du fléau avaient disparu.

Charlotte qui apportait à son frère le repas du soir joignit gaiement les mains en voyant deux de ses lauriers redresser leurs têtes vierges de toute offense.

Dans son ardeur a : travail, Michel avait complètement oublié sa promesse au comte Radotzky. Il regarda d'abord Charlotte, ensuite le soleil qui était sur le point de se coucher.

Il eût été sans doute plus heureux de prendre du repos après cette journée de fatigues. Mais que penserait son aimable protecteur s'il manquait ainsi à sa promesse ? Michel se rappela le proverbe : « Votre devoir d'abord, votre plaisir ensuite. »

Il ne s'arrêta pas plus longtëmps à réfléchir ; il se leva vivement, et, après avoir expliqué à Charlotte ce dont il s'agissait, il se tint prêt à partir.

Il était déjà nuit lorsque le frère et la sœur partirent pour le château de Pikos. Michel, comme d'habitude, avait pris sôin de la toilette de Charlotte. Il voulait que sa sœur fût propre et gentille. Charlotte étonnée souriait de voir avec quel soin son frère lui faisait éviter la boue.

Enfin, Michel et Charlotte arrivèrent au château. Deux jours auparavant, le petit paysan eût été tout effrayé à la seule idée de franchir le seuil de ce noble personnage, mais son succès devant le Bergamt lui donnait du courage. Charlotte habituée à n'avoir aucun souci et à placer toute sa confiance dans l'affection de sa famille, ne pouvait éprouver aucun embarras lorsqu'elle avait Michel à ses côtés. Après avoir traversé le le parc, ils passèrent successivement dans plusieurs salles et se trouvèrent en présence du comte Radotzky.

Michel fut presque troublé à l'aspect de son noble protecteur vêtu d'un costume éclatant et entouré de serviteurs dont les costumes ne paraissaient guère moins magnifiques que le sien, aux yeux du fils du

mineur. Mais le comte les renvoya aussitôt
et se mit à parler avec douceur et bonté à
Michel tout en regardant avec anxiété la
petite fille qui se tenait timidement derrière
son frère.

« Est-ce bien là la petite fille muette ?
dit le châtelain, quelle physionomie douce
et intelligente ! Voudrait-elle bien me donner la main ? »

Michel échangea quelques signes avec
Charlotte et aussitôt, son visage rayonna.
Elle s'avança vers le comte ; s'agenouilla
gracieusement devant lui et baisa ses
mains. Puis elle porta ses propres mains
à sa bouche et à son cœur et les joignit
ensemble en regardant le comte avec un
gracieux sourire.

« Que veut-elle dire ? s'écria le comte. »

« Je lui ai expliqué, répondit Michel,

les bontés que vous avez eues pour nous, et la pauvre enfant vous exprime comme elle peut sa reconnaissance.

Et Charlotte comme si elle eût compris ce que l'on disait, prit la main de son frère et la mit dans les siennes en s'agenouillant de nouveau, comme témoignage muet de sa profonde gratitude.

Le comte Radotzky mit la main sur la tête de la petite fille, puis il la regarda avec des yeux baignés de larmes. Michel l'entendit alors murmurer : « Mon enfant ! ma pauvre Thérèse ! » Puis il tomba dans son fauteuil, épuisé par ses émotions.

Michel prit sa sœur par la main et il allait se retirer, lorsqu'un geste du châtelain le fit revenir. Il alla alors avec Charlotte se placer près d'une fenêtre. Bientôt la voix du comte le rappela.

Il avait repris toute la dignité de ses manières lorsqu'il dit : « Je vais vous expliquer à présent, Michel, (car je pense que c'est là votre nom,) la raison de l'émotion que m'a causée la vue de votre sœur. J'ai une petite fille, une enfant unique, hélas ! qui est aussi sourde et muette. Mais, bien différente de votre Charlotte, elle est si triste qu'il n'y a aucun moyen de communiquer avec elle ; du moins aucune des combinaisons imaginées par mes serviteurs n'a pu réussir jusqu'ici. Je pense qu'une enfant affligée de la même infirmité serait plus habile à l'instruire et à rendre sa vie moins sombre et moins isolée. Venez avec moi, et vous verrez ma pauvre Thérèse, ajouta le père souriant avec tristesse. »

Il donna à Charlotte sa main qu'elle prit

hardiment et en souriant. Le comte en fut surpris.

« Comment se fait-il, dit-il, que votre sœur soit si confiante ? »

— « Votre Grâce, c'est parce que Charlotte sait que nous l'aimons et que nous ne la maltraitons jamais. Elle voit bien que nous ne la réprimandons que pour son propre bien ; aussi elle aime tout le monde et elle a confiance en tous. »

Une ombre passa sur le visage du châtelain, puis il reprit son attitude mélancolique. On traversa d'innombrables galeries splendidement éclairées, puis l'on s'arrêta devant une porte.

La main du comte trembla alors et il hésita un instant ; toutefois, il reprit bien vite son assurance et l'on entra.

Il s'offrit alors à leurs yeux une salle

littéralement éblouissante de lumière. Une richesse incomparable était répandue dans cet appartement. L'on ne voyait que pourpre, argent et or. Au milieu de toutes ces richesses, était étendue sur le parquet une petite fille de l'âge de Charlotte. Toutefois, l'expression du visage chez cette enfant était bien différente de l'expression du visage de Charlotte. La fille du châtelain était triste, sa physionomie sans expression, ses yeux hagards ; pas de sourire, mais une moue maussade sur ses lèvres roses.

Nul spectacle ne pouvait être plus attristant que celui de cette pauvre enfant étendue sur le parquet au milieu de ses joujoux. Les serviteurs qui, un moment auparavant étaient occupés à rire et à plaisanter, s'empressaient maintenant auprès d'elle ; mais il était évident, à la répugnance et à la crainte qu'ils lui inspiraient, qu'ils étaient les bourreaux de leur infortunée jeune maîtresse.

Le comte de Radotzky s'avança et prit sa fille par la main. Elle ne leva pas les yeux sur lui et reçut avec une froide indifférence le baiser que son père lui déposa sur le front.

Il conduisit Thérèse à l'endroit ou Charlotte se tenait, tournant de tous côtés ses regards remplis d'étonnement et d'admiration. Aussitôt la petite fille comprit ce muet langage.

Charlotte s'approcha alors de Thérèse et lui tendit les bras pour l'embrasser. Mais la jeune comtesse repoussa la petite paysanne, et Charlotte se retira les yeux pleins de larmes.

Elle vint se réfugier dans les bras de son frère et regarda la physionomie courroucée et refrognée de Thérèse avec une douleur mêlée de crainte.

Michel mit alors la main sur ses lèvres et sur ses oreilles et regarda la malheureuse enfant. Charlotte comprit que Thérèse était affligée de la même infirmité qu'elle-même, et toute sa contenance changea.

Elle s'avança doucement jusqu'à la jeune comtesse, et porta à ses lèvres sa petite main tremblante avec des yeux si doux, si sympathiques, que Thérèse fut émue. Charlotte se mit alors à sourire finement à sa jeune compagne pour lui faire comprendre qu'elle était également infirme, et les lèvres muettes des deux enfants se rencontrèrent dans un affectueux baiser.

C'était un spectacle à la fois triste et touchant que de voir les deux enfants s'é-

4

carter toutes deux ensemble pour se communiquer leurs pensées. Thérèse apporta tous ses jouets et les déposa aux pieds de Charlotte. Son visage rayonnait quelquefois de plaisir, en voyant l'étonnement de sa jeune compagne qui n'avait jamais rien vu d'aussi miraculeux. Elle se mit à jouer avec les cheveux bouclés de Charlotte, quelle entrelaçait de perles précieuses, simples joujoux pour elle. Insensiblement le regard ennuyé et mécontent de la petite fille se changea en un sourire de satisfaction. Le comte, joyeux, la regardait et commençait à penser que tout n'était pas perdu encore pour sa malheureuse enfant.

Lorsque Charlotte s'apprêta à partir, la petite comtesse fondit en larmes ; rien ne put la calmer. On ne put adoucir son chagrin qu'en lui promettant le prochain retour de son amie.

« Qu'elle revienne demain, qu'elle revienne tous les jours, s'écria le comte transporté de joie. Oubliant la fierté de son rang,

il serra passionnément dans ses bras la jeune enfant du mineur, et l'embrassa avec ravissement, tout en comblant Michel de dons de toute sorte. « Que Dieu soit béni, dit-il, pour l'heureux hasard qui vient de me rendre ma pauvre enfant ! »

Et, depuis ce jour, la petite Charlotte et la jeune comtesse devinrent des amies inséparables.

# CHAPITRE V

Au jour fixé, Michel et Georges commencèrent leur travail dans les mines. D'abord le plus jeune ne se livra au travail que timidement. Il y avait quelque chose d'effrayant à travailler tout le jour dans ces sombres souterrains. De plus, les mineurs paraissaient au pauvre Georges une terrible classe d'hommes. Ils étaient si étranges dans leurs habits de travail, et leur voix ré-

sonnait si fortement sous les sombres voûtes, que l'enfant était presque effrayé même de ceux qu'il connaissait le mieux. Mais
Michel paraissait tout à fait dans son élé-
ment, et le digne Kosluth protégeait si bien
les deux enfants, qu'ils n'eurent à subir aucun des mauvais traitements que l'on infli-
geait ordinairement aux enfants de leur con-
dition . Pourtant le travail était pénible à
Georges : il était dur de respirer l'air des
mines, pour un enfant accoutumé à courir
au grand air sous la vive lumière du soleil.
De plus les minerais endolorissaient ses
mains délicates, et, une fois ou deux, il faillit
être gravement blessé par la poudre dont les
mineurs se servaient pour attaquer les rocs.

Plus d'une fois, lorsqu'on le laissait seul
dans les sombres corridors des mines, l'enfant pensait aux terribles histoires qu'il a-

vait souvent entendues et qui le faisaient frémir. Plus d'une fois aussi, il s'assit pour souffler dans ses mains engourdies, et se sentit presque incapable de continuer son travail. Toutefois, il laissait rarement son frère témoin de ses larmes, car il savait que cela seul eût suffi pour le rendre malheureux. De plus il se sentait presque honteux de sa faiblesse et de son peu de courage, lorsqu'il voyait Michel si joyeux et si brave. Chaque jour, lorsque, son travail achevé, il revenait à la lumière du jour, Georges formait mille résolutions pour le lendemain ; mais elles s'évanouissaient toujours lorsqu'il se trouvait dans les sombres mines. Michel se conduisit en bon frère aîné. Il ne se moquait jamais des larmes de son frère, et il ne le grondait jamais pour sa timidité ; il essayait de l'encourager par tous les moyens qu'il avait en son pouvoir.

Travaillant avec lui, lui expliquant tous les détails, il lui aplanissait autant que possible le rude sentir du devoir. Mais Michel, malgré sa bienveillance, ne songea pas un instant à dispenser son frère du travail. Il savait trop bien que, pour Georges, le danger eût été la paresse. Puisqu'il devait être mineur et travailler toute sa vie, plus vite il commençait ce dur labeur, et mieux cela valait.

La petite famille revint habiter l'ancienne demeure qui s'était relevée de ses ruines. Dick entrait insensiblement en convalescence ; mais il y avait peu d'espoir qu'il pût reprendre parmi les mineurs ses anciennes occupations qui consistaient à briser le minerai avec des marteaux. Il avait été profondément ému, lorsque son ami et voisin Kosluth lui avait appris le courage avec lequel ses deux fils travaillaient à sa place. Il aimait passionnément son fils aîné ; mais Georges était son favori, et souvent lorsque ses enfants revenaient le soir à la maison, il prenait son jeune fils à l'écart et l'interrogeait affectueusement sur ce qu'il avait fait dans la journée, si bien que le pauvre enfant pouvait à peine lui cacher sa faiblesse.

Mais le temps finit par triompher de ces ennuis passagers de l'enfant et bientôt il aima ses occupations. Comme Michel, il devint aussi sérieux et aussi actif qu'un homme de vingt-cinq ans. Il travaillait bien et gaiement, car c'était de bon cœur. A la vérité, huit heures de travail c'était bien long, et il revenait à la maison épuisé de fatigue :

mais alors comme le repas si chèrement acheté était savoureux ! comme le repos était doux ! Aussi ne s'éveillait-il jamais avant que la lumière du soleil s'épanouissant jusqu'à ses yeux, ne l'avertît de reprendre son labeur quotidien. Et à la fin de la semaine comme les deux enfants étaient fiers d'apporter à la maison un florin et demi, prix de leur travail commun et de voir placer cet argent dans la vieille sacoche de cuir où leur leur père malade la gardait pour entretenir la famille la semaine suivante.

Charlotte, elle aussi, paraissait plus heureuse qu'elle ne l'était habituellement. Elle avait développé aussi sa propre intelligence en instruisant son amie Thérèse. Elle paraissait toujours enchantée de ses visites à la petite comtesse et, grâce à ces visites, Thérèse devint aussi habile que Charlotte elle-même dans le langage des signes : Grande fut la joie du Comte Radotzky et grande aussi fut sa bonté pour la petite paysane. Dick n'eut même pas la pensée de se plaindre d'être ainsi privé pendant de longues heures de la présence de son enfant. Il acceptait avec reconnaissance la protection du Châtelain sur son enfant, et il y voyait pour l'avenir une cause de secrètes espérances.

# CHAPITRE VI

Descendons à présent aux mines, et suivons les fils de Dick dans leur travail quotidien. La mine dans laquelle ils travaillaient était creusée dans le flanc de la montagne. On y pénétrait par un étroit corridor, qui se terminait par une vaste et profonde caverne. Cette caverne existait depuis des siècles, et devait sans doute son existance aux Romains, qui avaient autrefois travaillé aux mines de Schemnitz. Mais, de cette tradition, les mineurs ne connaissaient rien, et Michel, pour sa part, n'avait jamais entendu parler des Romains.

De cette caverne partaient d'innombrables routes, qui traversaient la colline dans toutes les directions, et c'était là que se trouvait le minerai que l'on exploitait. Les mineurs se dirigeaient à travers ces étroits corridors par bandes de trois ou quatre, et s'enfonçaient toujours jusqu'au moment où ils rencontraient une couche de minerai dont ils s'efforçaient d'extraire le précieux métal, tantôt avec des instruments de fer, tantôt au moyen de la poudre. C'était à un travail de ce genre que se livrait Michel. Le travail de Georges était moins dur. Il ne s'avançait pas aussi profondément dans les corridors des mines ; il était le commissionnaire de tout le monde. Tantôt il portait aux Inspecteurs des échantillons du minerai, tantôt il portait aux mineurs des provisions de poudre ou de l'huile pour leurs lampes. Ainsi, il était séparé de son frère pendant tout le jour, car Michel était constamment employé à la recherche du minerai.

Un jour que Michel s'était assez écarté des mineurs pour être hors de vue, il donna, par hasard, un coup de pioche plus puissant que les autres, et, à sa grande surprise, le roc rendit un son creux. Il frappa de nouveau, et un bloc de pierre roula à ses pieds, laissant une ouverture dans la muraille. Il regarda par cette ouverture, et vit qu'il y avait là une excavation formée par des mineurs des siècles passés. Il se glissa dans cette excavation, et se trouva dans un corridor obscur juste de la hauteur d'un homme debout. Ayant apporté sa lampe, il vit que les parois étaient resplendissantes de minerai d'argent uni, comme ce n'est pas rare dans les mines de Schemnitz, à des fragments jaunâtres que l'enfant prit pour de l'or. Il avait découvert l'une des plus riches des anciennes mines. Ivre de joie, l'enfant regarda de tous côtés pour s'assurer de sa conquête. Déposant sa lampe à terre, il se mit littéralement à danser de plaisir. Michel, en effet, n'ignorait pas que l'heureux mineur qui découvrait un filon métallifère recevait une récompense. Dans sa naïveté, il s'imaginait que cette récompense eût suffi pour le rendre riche à tout jamais. Muni d'un échantillon de minerai, il s'élança hors du caveau pour communiquer sa découverte à l'Inspecteur.

En passant à côté des quatre mineurs

qui travaillaient près de lui, il répondit fièrement à leurs questions qu'il allait faire
part à l'Inspecteur de la découverte d'une
mine.

Puis il s'éloigna dans la direction du ca-
binet de l'Inspecteur Carlowitz. C'était un
homme grave et bien loin d'être disposé
à ajouter foi tout d'abord aux rapports d'un
jeune mineur.

« J'ai trouvé une nouvelle mine, Monsieur, dit Michel, et je désire vous entretenir
à ce sujet. »

Vous, trouver une nouvelle mine ! un gamin comme vous, c'est impossible ! allez
donc à votre travail. »

— Mais, Monsieur, accordez-moi seulement un instant, je ne voudrais pas vous
tromper. »

« Peut-être bien ne voulez-vous pas me

tromper, mais alors vous vous trompez vous-même. Je n'ai pas le temps d'écouter de pareilles histoires. »

Michel fut tout décontenancé. Brisé d'é-motion, il baissa la tête. Son inexpérience de la vie lui faisait ignorer que toutes les découvertes sont d'abord mises en doute, non pas que les hommes soient en général sceptiques, mais que pour les trois quarts, ces découvertes paraissent au premier abord des absurdités. Les découvertes importan-tes sont donc accueillies au début par tou-te autre chose qu'une foi confiante et illi-mitée. Michel ignorait qu'il y eût des rai-sons d'être défiant, et il attribuait à un mauvais naturel l'incrédulité de l'Inspec-teur.

« Approchez, mon garçon, dit enfin Car-lowitz, je ne veux pas vous chasser, mais

je n'ai pas le loisir d'écouter en ce moment
ce que vous avez à me dire. Attendez une
demi-heure, alors vous pourrez raconter
votre belle découverte. En attendant, triez
ce fragment de minerai que vous voyez là-
bas.

Le visage de Michel rayonna tout à coup.
Il fit ce qu'on lui ordonnait avec tant de vivacité et de propreté qu'il gagna considéra-
blement dans l'estime de l'Inspecteur.

« Maintenant qu'avez-vous à me dire
sur cette fameuse mine nouvelle ? dit Carlowitz, où est-elle ? »

Michel décrivit l'endroit, et pour mettre
en évidence l'exactitude de son récit, il
montra à l'Inspecteur le fragment de
minerai qu'il avait apporté dans sa po-
che.

— « Mon enfant, dit l'Inspecteur, êtes-

vous bien certain d'avoir trouvé ce fragment
à l'endroit que vous m'indiquez ? »

— « Tout à fait certain, et pour vous
l'apporter, je n'ai eu que l'embarras du
choix. »

Voilà certainement une chose bien ex-
traordinaire ; je vais sur-le-champ me rendre compte du fait. Ainsi, dirigeons-nous
immédiatement vers ce que vous appelez
la nouvelle mine. »

Bondissant aussitôt dans cette direction,
l'enfant était prêt à s'écrier : « C'est ici » ;
mais son esprit parut tout à coup boulever-
sé. Il regarda autour de lui, en haut, en
bas ; nulle part ne se présentait d'ouvertu-
ture ; la raboteuse surface du rocher paraissait vierge de tout coup de pioche. De
l'ouverture par laquelle s'était introduit
l'enfant, il n'y avait pas la moindre trace.

Son marteau et ses autres outils étaient
étendus dans l'étroit corridor, en apparen-
rence à l'endroit où il avait laissé son travail. Mais, de la voûte dont il avait parlé,
il n'y en avait pas même l'ombre. Dans son
transport, Michel avait oublié de marquer
l'endroit du mur où se trouvait sa découverte. Or le mur, d'un bout à l'autre présentait exactement les mêmes apparences.

De tout le récit du pauvre enfant, la seule pièce à conviction consistait maintenant
dans le minerai qu'il tenait toujours à la
main.

Grande fut la colère du sévère Inspecteur lorsqu'il se vit, comme il l'avait prévu,
déçu par la supercherie d'un enfant ; cruel-
les aussi furent les railleries des mineurs
devant la désolation de Michel. Il supporta
tout courageusement ; les menaces elles-

5.

mêmes de l'Inspecteur semblèrent frapper ses oreilles sans qu'il les comprit. Tous ses brillants projets s'étaient évanouis comme un rêve, et il ne lui restait de tout cela que le mépris, les outrages, les menaces et la réputation d'un fourbe. Lorsque l'Inspecteur et toutes les autres personnes furent sorties, il s'assit au milieu du corridor désert, incapable de penser, de parler, ni de faire autre chose que pleurer.

Après un instant, l'un des mineurs qui avaient été ses compagnons de travail vint le secouer rudement par les épaules et lui dit :

« Viens, petit fou, il est temps de quitter le travail. Retourne chez toi et ne reviens jamais ici pour conter de ces balivernes auxquelles personne ne croit. Si tu as montré à l'Inspecteur une partie de l'or que tu as trouvé, c'est dans l'unique but de lui dérober le reste. »

Michel leva les yeux sur le mineur qui était un repris de justice, et sentit combien grand était son déshonneur pour qu'un pareil sujet osât s'élever contre lui. Mais il n'avait plus même le courage de se justifier. Il se contenta de jeter sur son interlocuteur un regard de mépris, prit ses outils et sortit plus malheureux qu'il ne l'avait jamais été de sa vie.

C'est en vain que Georges, aux oreilles duquel ces tristes nouvelles étaient parvenues, se jeta au cou de son frère et s'efforça de le consoler en lui disant qu'il trouverait d'autres mines. Dans son triste désespoir, Michel se contenta de secouer la tête. En retournant à la maison, une conversation s'engagea entre les deux frères au sujet de cette affaire, et l'aîné déclara comme une conviction intime qu'il avait réellement vu la mine. Le simple et crédule Georges ne pouvait résoudre cet étrange problème qu'en supposant que Michel avait été trompé par les mauvais esprits des mines, et que, pour un instant, il avait vu l'entrée de l'une de leurs habitations. Mais son frère sourit de cette explication, car il ne croyait pas du tout à l'existence de ces êtres. Cependant, les semaines s'écoulaient et Michel ne retrouvait pas la mine perdue. On l'avait écarté du corridor où il travaillait habituellement pour le faire travailler dans un autre atelier en sorte qu'il ne voyait plus l'endroit de sa découverte. Mais, un jour, il lui arriva de rester aux mines plus longtemps qu'à l'ordinaire, et Georges revint sans lui. En passant dans les corridors, il les trouvait aussi déserts et aussi silencieux que s'ils eussent été au centre de la terre. Tous les mineurs étaient partis et en pénétrant dans la caverne, sa petite lamp brillait comme un ver luisant dans une som bre nuit. Plus d'un enfant eût été effray de se trouver seule dans un pareil endroit; mais jamais Michel n'éprouva pas la moindre crainte. Accoutumé à vivre dans les mines, connaissant tous leurs détours, il ne craignait pas de se perdre. Sachant que les honnêtes gens sont à l'abri des atteintes de l'esprit du mal, il n'éprouvait aucune superstitieuse terreur. Il pensait toujours à son étrange découverte, qui, à la vérité, était rarement absente de son esprit.

Il lui sembla ne pouvoir trouver d'instant plus favorable que celui-là pour chercher l'endroit, et il se décida à faire cette recherche. Il rentra dans l'étroit corridor ou il avait longtemps travaillé, et il le suivit pendant quelque temps. A la fin, à sa grande surprise, il vit l'éclat d'une lumière sur le mnr, Il arriva à une petite ouverture assez près, pensa-t-il, de l'endroit où une pioche avait creusé une entrée.

Le cœur de l'enfant battit violemment dans sa poitrine, lorsqu'il entendit un bruit de voix. Ce n'étaient pas des esprits, car il reconnut le son de la voix des quatre hommes qui avaient été ses compagnons de travail.

« C'est une heureuse chance, disait l'un, que nous nous soyons appropriés la découverte du gamin. Avons-nous assez bien joné l'Inspecteur.

— « Quel profit pour nous si notre larcin n'est pas découvert ! disait un autre.

— » Ne craignez rien de cela, disaient les deux autres en riant. Michel reconnut toutes ces voix, bien qu'il osât à peine remuer pour regarder, à travers le trou. Pendant quelques minutes, le bruit des marteaux retentit seul au milieu des voûtes désertes.

Alors une voix si basse et si timide qu'elle semblait redouter son propre écho frappa les oreilles de l'enfant.

— « Vous ne m'avez jamais dit, camarades, qui a trouvé cette mine. Qui donc nous a rendus si riches ? »

— « Il est fort heureux, répondit un autre, que vous ne vous soyez pas trouvé à travailler en cet endroit là au moment de la découverte. Avec vos idées stupides sur la conscience et la morale, vous nous auriez sans doute trahis. Vous ne saurez jamais

rien de plus sur cette mine. Prenez votre
part du butin cela suffit. »

Michel.

— « Oh ! dit le timide ouvrier en poussant un soupir, je voudrais bien me passer de ce butin, mais nous sommes si pauvre ! »

Chaque syllabe de cette voix avait été foudroyante pour Michel. Dans cet accent, il s'imaginait reconnaître la voix du voisin qui avait été si bon pour son père et toute sa famille dans leurs derniers malheurs. Il croyait, disons-nous reconnaître le mineur Kosluth. Michel frissonnait de le voir mêlé à de pareils bandits. Mais il avait à peine eu le temps de recueillir ses idées et de rassembler toute son énergie pour regarder par l'ouverture, qu'il entendit les mineurs se préparer à partir. Il songea alors que de pareils bandits n'auraient pour lui aucune pitié s'ils venaient à s'apercevoir qu'il avait découvert leur crime.

Prenant alors des précautions pour que sa présence ne fût pas trahie par la lampe qui guidait ses pas, Michel parcourut à la hâte les longs corridors sans s'arrêter un moment avant d'être en sûreté hors des mines.

## CHAPITRE VII

Cette nuit là Michel ne ferma pas les yeux. Son esprit était si rempli de projets contradictoires, qu'il ne put dormir. Toutes ses pensées, il devait les garder pour lui-même, car son père était encore trop souffrant pour être exposé à de pareilles émotions, et Georges était trop jeune pour être initié à d'aussi terribles révélations. L'enfant était entièrement troublé.

Il savait que cacher le crime de ces scélérats eût été se rendre complice de leur
ignominie, et pourtant il lui répugnait de
perdre devant l'autorité des mines l'infortuné Kosluth qui avait joui jusqu'à ce jour
d'une réputation sans tache. Il avait d'ailleurs été si aimable pour la famille de Michel !

Alors une nouvelle idée frappa son esprit.
Peut-être s'était-il trompé ! peut-être Kosluth n'était-il pas le complice des brigands !
A tout hasard, Michel se décida à connaître le dernier mot de cette aventure, à reconnaître l'endroit du larcin et à distinguer
les voleurs.

La nuit suivante, il s'excusa donc auprès de Georges de rester en arrière, et il
alla hardiment se placer au même endroit
que la veille. Il trouva là les quatre hom-

mes qu'il avait vus la nuit précédente, et, de plus, quatre autres encore. Mais, à sa grande satisfaction, il put reconnaître qu'il n'y avait là personne qui ressemblât à Kosluth.

Dans son trouble, il fit un mouvement trop précipité, et sa lampe tomba sur le pavé avec fracas. Le bruit sonore qu'elle fit entendre dans sa chute fit découvrir l'enfant. En une seconde, Michel fut entraîné dans la voûte, et là il se trouva en présence des six bandits qui l'enveloppèrent de leurs regards de vautours. Il était à leur merci.

« Te voilà pris dans tes propres filets, infâme petit espion, hurla l'un de ces hommes. Je voudrais bien savoir ce que tu veux faire en nous espionnant ainsi. »

Michel ne répondait pas une seule parole.

« Veux-tu jurer de ne rien dire ? »

« Je ne jurerai rien de pareil, répondit le courageux enfant. Vous êtes tous des scélérats ; vous m'avez volé la mine que j'avais trouvée, et maintenant vous volez vos maîtres. »

Quelques-uns des voleurs serrèrent les poings pour le frapper ; les autres se contentèrent de sourire. Ils paraissaient s'amuser de la faiblesse de cet enfant.

« Qu'y a-t-il à faire ? se demandèrent-ils enfin, se consultant gravement les uns les autres ; nous voudrions épargner ce jeune étourneau ; mais, si nous le laissons vivre, il nous perdra tous. »

« Je ne connais qu'un moyen, répondit celui qui paraissait le moins cruel, c'est de lui faire partager notre butin. Mon enfant, ajouta-t-il en s'adressant à Michel, nous

te donnerons une partie de notre fortune. »

— « Je ne veux pas être riche et voleur,
dit Michel, je ne veux pas être votre complice. »

— « Tu peux choisir ; ces murs sont
épais, et la lumière est loin, dit un autre. »

Pense à ton père, à Georges, à la petite
Charlotte, murmura l'un des voleurs dont
l'habitation était voisine de celle de Dick ;
ils seraient certainement heureux d'être riches, tandis qu'ils seront au désespoir en
ne te voyant plus. »

Michel tomba à genoux et fondit en larmes. Les scélérats faisaient de nouveaux
efforts pour vaincre sa résistance par des
promesses et des menaces. Ils ne purent
l'entraîner au crime. A la fin, il opposa
plus de fermeté à leurs discours et ne répon-

dit pas une syllabe. Il s'agenouilla, pensa à sa mère qui le voyait du haut du ciel, et répéta les quelques prières qu'il connaissait.

Lorsque les brigands virent que leur prisonnier ne partageait pas leurs avis, ils se réunirent dans un coin. Michel entendit seulement ces derniers mots : « Nous avons assez d'argent pour six mois ; d'ici là, nous lui cédons la mine.

Ils regardèrent l'enfant et se chargèrent de leurs outils.

« Nous te laissons la place, dit l'un des brigands avec un hideux sourire ; elle te plaît assez paraît-il. Ces murs n'ont pas d'oreilles ; reste donc là, petit scélérat, la mort viendra bientôt te visiter. »

Michel s'assit à demi étouffé, lorsqu'il vit que son destin allait s'accomplir. Les brigands bouchèrent l'ouverture et maçonnèrent si solidement leur construction que l'enfant, même en déployant toutes ses forces, n'eût pu y remuer une seule pierre. Alors Michel se trouva seul enfermé dans une prison d'où il lui paraissait impossible de sortir. Mourir de faim, voilà quel paraissait être son destin inévitable.

L'esprit tout étourdi de l'horreur de sa position, il ne laissa éclater ni une plainte ni un reproche, tant qu'il entendit les pas de ses bourreaux qui s'éloignaient. Il examinait de toutes parts l'horrible caverne dans laquelle on l'avait enfermé. Par une négligence inexplicable, les mineurs lui avaient laissé sa lampe. C'était pour lui une consolation, mais bien faible, car bientôt la lumière s'éteindrait et le laisserait dans une complète obscurité.

En attendant, il jouissait des faibles

6

lueurs de la lampe, et c'était toujours un
soulagement. D'abord, comme nous l'avons
dit, il se mit à trembler convulsivement ;
mais, cette surexcitation étant bientôt tom-
bée, il fut saisi par un accablement affreux.
Jusqu'alors, en effet, il avait été en présence
des hommes ; maintenant il était seul. Il
n'avait que Dieu pour témoin, car on lui
avait appris, et en ce moment, il se rappelait cette vérité, que Dieu est partout,
dans les entrailles de la terre aussi bien
que dans les espaces infinis de l'univers,
et ce Souverain Monarque qui a le désir
de secourir ceux qui l'invoquent, en a aussi
le pouvoir. De pieuses pensées sur la bonté divine remplirent l'esprit de l'enfant, et
il devint calme sinon confiant. Ce tableau
était en réalité capable d'abattre un cœur
plus fort que celui du jeune mineur. A tra-

vers ces antres obscurs, les murailles argentées brillaient sous les rayons de la lune comme pour narguer leur prisonnier. Lui qui était entouré de ces immenses richesses, il ne pouvait se procurer une miette de pain. Alors le silence de ces lieux lui paraissait terrible.

— « Est-il donc bien certain que je doive mourir dans cet affreux cachot? dit Michel se levant tout-à-coup. Pourtant, même sur le point de mourir, je préfère la mort au crime, oui, j'aime mieux la mort. J'ai tenu la conduite que m'a enseignée mon père, et j'irai au ciel rejoindre ma mère chérie. »

La pensée de sa mère lui rappela une de ses recommandations. Il fallait, lui avait-elle dit, lorsqu'on demande les secours de Dieu, s'aider soi-même de toutes ses forces. Cette idée amena un rayon de lumière sur une situation en apparence aussi désespérée que la sienne. Peut-être, après tout, est-il possible de sortir d'ici, pensa-t-il? Aidé de cet espoir, Michel vint près de l'ouverture et poussa de toutes ses forces l'énorme pierre. Tout effort fut inutile. Alors, il examina tous les recoins de la caverne pour voir s'il n'y avait quelque part une pioche ou tout autre outil en fer. Il ne trouva rien. Les lâches bourreaux avaient trop bien pris leurs mesures pour laisser à leur victime quelque chance de salut.

Michel se mit à examiner dans quelle partie de la mine il se trouvait. Il se rappela que ce corridor était très long et devait aboutir de l'autre côté de la montagne; mais, dire à quelle distance il se trouvait des extrémités, cela eût été impossible pour lui. Cependant, il pensa que les personnes qui, plusieurs siècles auparavant, avaient travaillé à ces antiques mines, avaient dû y pénétrer par un accès creusé de l'autre côté de la colline, et il estima que cette issue ne pouvait être bien éloignée. Immédiatement son esprit s'accrocha à cette branche de salut. S'il pouvait découvrir cet accès et s'y frayer une route il serait sauvé.

En ce moment, son œil se porta sur un fragment de rocher étendu dans un coin. Il était à peu près de la forme et de la taille d'un marteau dépourvu de son manche. Michel s'en empara, et l'espoir lui donna un courage presque merveilleux. Il commença à sonder à coup de marteau la surface des murs, écoutant attentivement la nature des sons qu'il en retirait, car son habile expé-

6.

rience des mines devait ainsi lui révéler la nature des murailles de sa prison.

A la fin, ô joie ineffable ! son marteau rencontra non pas un rocher, mais un terrain mou ; et, au milieu de la poussière et des débris de toute sorte accumulés par les siècles, Michel reconnut une ouverture presque à fleur de terre et si étroite qu'elle paraissait pouvoir à peine donner accès au corps d'un enfant. Michel attacha solidement sa lampe à son cou et rampa sur les mains et sur les genoux ; progressivement il s'avançait dans l'étroit passage, s'arrêtant quelquefois pour repousser la poussière qui l'aveuglait. Son courage ne faillit pas un instant, car il s'agissait de son existence.

Après des heures : (Il n'a jamais su combien de ces heures il avait passées, lorsque, dans la suite, cette terrible nuit s'est repré-

sentée à son esprit comme un songe épou-
vantable,) l'enfant vit, à quelque distance,
une clarté si confuse que nul autre œil que
celui d'un mineur n'eût pu la reconnaître.
D'une main fébrile, il se creusa un passage
et s'élança au-dehors. Il vit alors briller sur
sa tête les radieuses étoiles; il venait d'at-
teindre le revers de la colline : Il était sauvé !

# CHAPITRE VIII

Il est impossible de peindre la consternation de toute la famille de Dick, lorsque le jour et la nuit se passérent sans amener le retour de Michel. Tout ce que Georges put dire, ce fut que Michel était resté pour achever un travail commencé et lui avait fait prendre les devants vers la maison. Mais dans les longues heures de son anxieuse attente, il se rappela qu'il n'avait pas remarqué assez tôt l'air grave et silencieux que Michel avait eu toute la soirée. Il se rappela aussi que, la nuit précédente, toutes les fois qu'il s'était éveillé, il avait trouvé son frère soucieux et agité, incapable de se livrer au sommeil. Georges s'imagina que son frère étant allé à la recherche du filon d'argent dont il avait parlé, s'était égaré et perdu dans les mines, et qu'il avait été assassiné dans ces terribles labyrinthes.

Il n'osait communiquer ses plaintes à son père qui ignorait ces circonstances et Kosluth, le seul ami dans lequel il eût confiance, était absent depuis plusieurs jours.

Mais, dès l'aube, il courut aux mines, et le cœur rempli d'angoisses, le pauvre enfant explora inutilement les recoins qu'il connaissait, faisant retentir les voûtes lugubres

du nom de Michel. Ici on le plaignait, là on
le raillait. La perte d'un pauvre enfant parmi plusieurs milliers d'ouvriers présentait
peu d'iutêret. Georges fou de douleur, retourna à la maison en fondant en larmes et
raconta tout à son père.

Dick se leva de son lit de douleurs et, sur
ses jambes affaiblies, il se traîna jusqu'à
la demeure de l'inspecteur le plus proche.
Toute la réponse qu'il put en obtenir fut
qu'une recherche serait faite dans les mines
le lendemain. Le lendemain ! ! ! Cette attente
était bien longue pour un père incertain de
la vie de son enfant. Dick eût voulu entre-
prendre une nouvelle visite pour demander
la protection et l'appui du seul ami qui pût
l'assister, le comte Radotzky. Mais ses faibles forces ne lui permettaient pas une autre course. Charlotte n'était pas à la mai-

son; elle était auprès de son amie Thérèse.
Georges et son père s'assirent tristement et
plongés dans une douleur commune, ils regardaient les ombres grandir à chaque instant sur les revers de la montagne, et n'o-
saient même parler de Michel, craignant que
le désespoir de l'un n'augmentât le désespoir
de l'autre.

Au milieu de la nuit, l'enfant perdu revint à la maison. Dick et Georges entendi-
rent frapper à la porte un léger coup. Georges aperçut Michel qui se tenait en dehors,
mais si pâle, si pâle! si défiguré qu'il res-
semblait à un spectre; de plus ses vêtements
étaient déchirés et tachés de sang. Georges
ne put retenir un cri de douleur. Mais Michel entra et sans prononcer une seule parole tomba épuisé sur le parquet. Au même
instant où son frère tendait les bras pour le

recevoir, son père se pencha vers lui en pleurant de joie. Michel trop faible pour parler, possédait encore assez de connaissance pour regarder l'un et l'autre avec tendresse et bonheur.

« Oh ! Michel, mon cher Michel, où étiez-vous ? disait Georges à travers ses larmes ? » Mais le père l'arrêta.

« Il meurt de faim, mon pauvre enfant » s'écria Dick, essayant de soutenir de son bras gauche son fils aîné, tandis qu'il envoyait le plus jeune chercher à manger et à boire.

Insensiblement l'enfant épuisé reprit des forces et se trouva en état de raconter son histoire.

« Dieu soit béni ! mon noble et honnête enfant ! » s'écria le digne mineur, posant sa rude main sur la tête de son fils, lorsque Michel

7

eut fini son récit. Si votre mère vivait, elle serait heureuse de vous voir agir ainsi. »

Une grosse larme roulant sur la tête de Michel témoigna la sincérité des sentiments du brave paysan.

La petite famille considérait maintenant ce qu'il y avait de mieux à faire. Michel, malgré tout ce qu'il avait souffert, sentit son cœur se serrer à l'idée de faire punir ces six hommes. Les uns, en effet, ils les connaissait de vue ; pour les autres, il avait été leur compagon de travail. Mais son père dissipa tous ses doutes.

« Celui qui cache un voleur est aussi coupable que lui, dit le mineur dans sa sévère justice. De plus, maintenant, personne d'entre nous ne peut vivre en sécurité ; il faut sacrifier leur existence ou la nôtre. Il faut révéler ces faits au noble comte Ra-

dotzky, qui en informera la cour de justice.

Michel, ayant donc réparé ses forces par
le repos d'une journée entière, se prépara
à faire une visite au château de Pikos.

Cependant, il avait envoyé Georges chez
Kosluth, et avait appris sa longue absence.
Sa femme était courroucée ; ses enfants
criaient et demandaient du pain, et toute la
maison paraissait si misérable, que toute
pensée de faire de Kosluth un voleur, s'é-
vanouissait bien vite de l'esprit de Michel.
Une telle pensée était incompatible avec la
pensée du vol.

Charmé de pouvoir croire à l'honnêteté
de Kosluth, et résolu à faire part à son ami
de ses richesses futures, Michel se mit en
route accompagné de son frère qui ne voulait pas le quitter un seul instant.

Charlotte reçut ses frères avec toutes les
marques d'une joie inexprimable. Quelques
semaines avaient suffi pour accomplir un

Charlotte et son amie.

grand changement dans la petite fille. Elle
paraissait charmante dans son riche habit

semblable en tous points à celui de la comtesse. En toutes choses, les deux enfants muettes étaient traitées comme deux sœurs, et c'était un avantage pour toutes deux. La délicate nature de Charlotte était plus accessible à la joie, lorsqu'elle était entourée de luxe et de richesse, que lorsque la pauvre enfant restait enfermée dans la misérable habitation du mineur. L'enfant qui avait été élevée dans le luxe éprouvait aussi plus de charme à partager ses plaisirs avec une compagne qu'à en jouir dans un solitaire égoïsme.

Michel n'avait encore pu s'arracher aux caresses de sa sœur, lorsqu'il fut rappelé à lui par la présence du châtelain. Grandes furent la surprise et l'horreur du noble personnage, lorsqu'il entendit cet incroyable récit de la bouche émue de l'enfant. A me-

sure que Michel avançait dans son récit, la
la physionomie du comte devenait de plus
en plus sévère.

« Quelle preuve pouvez-vous donner de
tout cela ? demanda-t-il, » regardant d'un
œil perçant le visage du jeune mineur.

Une rougeur subite monta au front de
Michel, lorsqu'il vit sa parole mise en
doute.

« Je n'ai d'autre preuve que ma simple
parole, répondit-il, et je suis venu trouver
Votre Grâce dans la pensée que vous auriez confiance en moi, et que vous voudriez
bien parler de moi à la Cour de justice. »

— « Ce n'est pas nécessaire, répondit le
Chatelain, c'est moi qui suis à présent le
président de cette Cour, et c'est à moi qu'il
faut prouver la vérité de ce récit presque
incroyable.

Michel laissa percer sa joie de cette rencontre inattendue ; mais il baissa de nouveau les yeux sous le froid et pénétrant regard du comte Radotzky

C'est une affaire bien grave que d'accuser des innocents, dit-il. Connaissez-vous le prix qui vous serait accordé si vous réussissiez à prouver votre sincérité ? De l'or, une maison, une pension pour toute votre vie ! Il y a bien là de quoi vous tenter ! »

— « Je ne savais pas cela, Monseigneur, reprit Michel, et je ne voudrais pas faire le mensonge même le plus léger pour posséder toute la ville de Schemnitz. »

En ce moment Georges qui s'était glissé inaperçu derrière son frère se montra et regarda d'une manière suppliante le Châtelain en lui disant : Oh ! Votre Grâce, ne croira-t-elle pas Michel, notre Michel qui n'a jamais menti de sa vie ? Ne croira-t-elle pas le frère de Charlotte ?

La plus ingénieuse combinaison d'un diplomate consommé n'eût pu obtenir plus de succès que l'inconscient plaidoyer de l'enfant. Le comte Radotzky se rappela tout ce qu'il devait à la douce enfant muette qui avait fait le bonheur de Thérèse. Il regarda le visage de Michel et n'y vit aucune arrière-pensée. Tout prodigieux qu'était ce récit, le comte y ajouta foi. Il renvoya à la fois les deux frères avec des paroles de bienveillance, et se mit à considérer quel plan il avait à suivre en sa qualité de Président de la Cour.

« Ah ! pensa Michel en retournant à la maison, quel bonheur de dire toujours la vérité ! on est toujours cru ! »

# CHAPITRE IX

Michel fut obligé de prouver par tous les moyens, qu'il avait en son pouvoir, son assertion devant le Bergamt rassemblé secrètement, car il était nécessaire de s'assurer de la personne des voleurs qui pouvaient, d'une manière ou de l'autre, avoir trouvé des moyens d'échapper.

Beaucoup de membres du conseil étaient presque irrités de se trouver ainsi convoqués sur le simple témoignage d'un enfant. Mais le comte Radotzky avait une telle confiance dans la véracité de Michel, et d'ailleurs ses réponses étaient si concordantes, qu'il finit par dissiper tous les doutes. Après une discussion animée, on décida enfin de s'assurer de la réalité de l'existence de la mine que Michel avait découverte.

La nuit suivante, après le départ des mineurs, la Cour, suivie des inspecteurs et conduite par le Président entra dans les mines, et, guidée par Michel, pénétra dans l'endroit où se trouvait l'antique caveau. Il n'y avait pas à s'étonner que le cœur de l'enfant battît bien fort en visitant ces lieux qu'il avait déjà parcourus dans des circonstances aussi horribles. Il n'osait songer à ce qui devait arriver. Si, malheureusement, il n'avait pu retrouver la mine secrète! Il n'en fut pas ainsi. Les brigands avaient-ils dans leur précipitation, ressenti les effets de l'agitation qui accompagne toujours le crime ! avaient-ils mal pris leurs précautions pour cacher l'ouverture ? S'étaient-ils enfin trop confiés dans la solitude de ces endroits rarements visités ? Nul ne saurait le dire. Ce qu'il y a de certain, c'est que leur forfait fut découvert et précisément par les moyens qu'ils avaient pris pour le cacher.

Michel trouva sans difficulté l'ouverture de l'antique mine. Les pierres que les scélérats avaient placées dans le mur pour emprisonner plus sûrement l'enfant sacrifié par eux, ne servirent qu'à faire connaître plus exactement l'endroit du crime. En peu de temps l'on arriva à la voûte qui avait été naguère le tombeau vivant du jeune mineur. L'enfant frissonnait même au milieu de sa joie, en parcourant de nouveau ces murs trop connus de lui. Plus d'un œil anxieux se fixa sur lui avec une compassion émue. Les spectateurs étaient pénétrés de joie et de reconnaissance pour la divine Providence, en même temps qu'ils ressentaient une grande horreur pour les criminels qui avaient été les meurtriers de l'enfant.

Michel indiqua la petite ouverture par laquelle il s'était évadé, et alors il n'y eut plus aucun doute sur l'exactitude de son récit. Il fut exalté comme un héros.

« Donnez-moi votre main, mon petit homme, dit le comte, désormais vous n'aurez plus besoin de travailler dans ces sombres souterrains. »

Michel était comblé. Donner la main à ce grand chef des mines était un honneur qui faisait battre son cœur à le rompre. Il fondit en larmes; mais c'étaient des larmes de joie. Il n'éprouva toutefois aucune vanité ni aucun orgueil. Il pensa seulement à la joie que sa fortune causerait à ceux qui lui étaient chers. Après un moment, en songeant à l'horrible supplice qui attendait ses meurtriers, son cœur se serra. Mais son père combattit ces sentiments de regrets et tout en ne pouvant blâmer son fils d'éprouver de la compassion pour ces criminels, il lui montra combien était juste le châtiment qui les attendait.

Les brigands furent saisis et mis en jugement. Chez les uns, on découvrit de l'argent; les autres firent des orgies inaccoutumées; tout concourait à faire soupçonner leurs crimes. Déjà les juges étaient convaincus de la culpabibilité des misérables. Mais, lorsque, à côté des juges, ils crurent

voir l'ombre vengeresse de celui qu'ils a-
vaient voulu faire périr d'une mort aussi
cruelle, le cœur manqua aux plus hardis
d'entre eux. Les scélérats frémirent, en voyant se lever la mort même comme accu-
satrice, et ils se voilèrent la face à cette redoutable apparition. Emu jusqu'aux larmes,
Michel porta son témoignage et on le fit retirer pour l'emmener à la maison après cette
scène de douleur.

Mais ce ne fut pas à sa pauvre vieille chaumière que les serviteurs dn comte portèrent
l'enfant brisé d'émotions. Ce fut à un petit
chalet, si coquet, si richement meublé, que
Michel oublia tout son chagrin. De nom-
breux arbres fruitiers remplissaient le petit
jardin. Quelques espaliers étalaient leurs
branches chargées de fruits sous les fenêtres,
à portée de la main. Des vaches aux riches

mamelles mugissaient dans les étables bien propres, des moutons et de jeunes agneaux broutaient en liberté dans un champ bien clos. Le petit mineur était riche et n'avait plus besoin de travailler sous la terre.

Et dans la maison, tout était gai, propre et coquettement arrangé. Là, il trouva son père qui avait déclaré que son bras serait bientôt guéri. Il avait toutefois ajouté qu'il serait incapable de manier le marteau. Mais à présent il n'avait plus besoin de faire ce travail.

Auprès de lui, Georges qui n'était pas encore remis de ses émotions, mais qui dansait de joie, courant dans les corridors, se réjouissait à l'idée de vivre continuellement sous la pure lumière du soleil et de pouvoir manger des fruits, traire les vaches et passer toute sa vie des jours heureux. C'était aussi la petite Charlotte, qui regardait tout cela paisiblement et tranquillement et comprenait à peine ce qui avait pu produire un pareil changement. Elle était heureuse de voir que tous ceux qu'elle affectionnait le plus étaient à l'aise pour le reste de leur vie.

Ce fut le charmant chalet qu'ils prirent le soir même pour leur nouvelle habitation. Que d'événements s'étaient accomplis en un seul mois !

« Oh ! si nous pouvions rendre tout le monde aussi heureux que nous le sommes ! » Telle fut l'exclamation que poussa Georges en s'asseyant sur le banc qui était devant la porte, par cette calme soirée d'automne. Michel se rappela les bonnes résolutions qu'il avait prise en des jours plus malheureux. Il avait résolu, lorsque vieindraient des jours meilleurs de faire partager sa for-

Kosluth.

tune au voisin qui les avait si charitable-
ment assistés dans leur détresse. J'irai voir
demain le pauvre Kosluth, pensa-t-il, et
alors, rougissant et hésitant, il fit part à
son père des projets qu'il avait formés d'aider la famille du mineur.

« Vous êtes un bon et brave enfant, répondit Dick, et en vérité le secours ne saurait être opportun, car j'ai entendu dire que
Kosluth est retenu chez lui, couché sur son
lit de douleurs. Vous irez le voir demain. »

— « Pour quoi pas ce soir, père chéri ?
dit Michel ; il n'y a pas une minute à perdre pour lui montrer notre bienveillance. »

Dick consentit, et chargé de présents,
l'enfant quitta le riant chalet pour aller visiter la misérable chaumière de Kosluth.

# CHAPITRE X

Des habitations pauvres comme celle de Kosluth, Michel en avait vu souvent ; jamais elle ne lui avaient paru aussi misérable. Peut-être le contraste entre l'agréable demeure qu'il venait de quitter et cette misérable cabane frappait-il l'esprit de l'enfant. Il se trouvait si heureux qn'il voulait faire partager son bien-être à cette malheureuse famille. La femme pâle et ridée, que le chagrin avait aigrie et rendue méconnaissable regardait Michel d'un air hébêté au milieu de ses enfant qui criaient. Le contenu du panier fut aussitôt distribué. Ensuite, l'on passa dans la petite salle basse où se trouvait le lit du malade.

«Ce n'est pas une maladie ordinaire, dit la femme de Kosluth, Je pense qu'il a été blessé, il aura reçu un mauvais coup, mais il ne veut pas me dire comment il l'a reçu. Les temps sont bien changés pour nous, dit la femme en regardant le malade d'un air expressif : je ne connais plus rien aux affaires de mon mari; il n'y a pas longtemps qu'il agit ainsi à mon égard. »

En ce moment, Kosluth s'agita dans son sommeil et murmura quelques mots ininligibles.

«Cela lui arrive souvent, dit la femme, et

je suis heureuse que vous soyez venu, car
je l'entends prononcer votre nom au milieu
de son sommeil, dans ses rêves agités. »

— « Silence ! silence ! il est éveillé, »
soupira Michel ; et aussitôt il ouvrit les yeux
et aperçut l'enfant. Il parut alors trembler
de tous ses membres.

« Je suis venu vous voir ; mon cher ami,
dit Michel ; je voulais vous remercier des
bontés que vous avez eues pour nous. Maintenant, nos affaires vont mieux.

« Ah ! ils m'avaient dit une chose !.. murmura Kosluth en pressant vivement la main
de l'enfant. C'est donc ainsi que cela a fini !
ils sont donc entre les mains de la justice !
Êtes-vous sain et sauf ? avez-vous reçu
une récompense ? »

Michel répondit à toutes ces questions.
Le malade tressaillit dans son lit ; mais il

retomba aussitôt, tenant sa poitrine entre ses deux mains et poussant un gémissement.

« C'est le châtiment ! ici... ici, murmurait-il, en mettant la main sur sa blessure, Mais, qu'importe mes douleurs puisque vous êtes là ? J'avais besoin de vous voir ; je voudrais vous parler en particulier, » ajouta le mineur en regardant sa femme.

Bien facile, mon pauvre ami, dit l'obéissante épouse, chez qui toute aigreur avait disparu à l'expectative d'une mort prochaine.

Elle sortit, et alors Kosluth, d'une voix faible, fit à son jeune auditeur la confession d'un homme mourant.

L'enfant ne s'était pas trompé, lorsqu'il avait cru reconnaître dans la mine la voix de Kosluth. Ce malheureux était au nombre des voleurs !...

« J'avais découvert leur crime par un pur hasard, raconta Kosluth ; ils m'ont tenté par l'appât des richesses et m'ont menacé de mort si je refusais. J'étais si pauvre et si cupide que j'ai cédé. Je suis devenu un voleur, ajouta-t-il en cachant sa tête dans ses mains. »

Michel ne savait à présent que dire. La haine qu'il avait pour les mauvaises actions, il ne pouvait la reporter sur le coupable mourant.

Après un moment de silence, Kosluth reprit : Je ne savais pas encore que j'étais coupable envers vous ; j'ignorais aussi que les hommes auxquels je m'étais criminellement associé devaient être vos meurtriers. Mais, lorsque j'eus appris tout ce qui s'était passé dans cette effroyable nuit, je devins presque fou. Je les menaçai de les trahir

**8**

tous, dussé-je être condamné moi-même.
Nous étions dans un endroit désert ; ma
vie était entre leurs mains. Pourtant, je
parvins à m'échapper, mais non sans recevoir un coup dont certainement je mour-
rai. »

Michel se pencha vers cet homme,
qu'il avait autrefois béni dans son cœur,
et se mit à pleurer. « Oh ! dit-il, que
je voudrais encore être pauvre comme
autrefois et n'avoir pas découvert de mine ! »

« Mon enfant, lui dit Kosluth, vous avez
bien agi, vous en êtes récompensé. Puissiez-
vous vivre longtemps pour jouir de votre
bonheur ! Moi, je suis coupable et je suis
puni. Je ne suis pourtant pas puni autant
que je le mérite, car j'ai été un voleur, un
voleur, un lâche voleur, et maintenant je

vais mourir en paix au milieu de mes enfants, et avec la certitude que je n'ai pas sur la conscience le meurtre d'un enfant innocent. Pardonnez-moi Michel, le mal que je vous ai fait ! »

« Je vous le pardonne de tout cœur. Que pourrais-je faire ponr vous consoler ? Oh ! pourquoi ai-je appris tout cela ? s'écria le jeune mineur en pleurant.

« Parce que je ne pouvais le garder pour moi, répondit le mourant d'une voix faible, et aussi parce que j'ai une grâce à vous demander. J'ai confiance en vous, quoique vous soyez bien jeune, Michel ; lorsque vous serez devenu un homme, ce qui arrivera bientôt, prenez soin de mes pauvres petits enfants, rendez-les aussi bons que vous l'êtes, et surtout, je vous en prie, ne leur laissez jamais

soupçonner que leur père était un voleur. »

Michel le promit. Un faible sourire ef-
fleura les lèvres du pauvre Kosluth ; il pres-
sa la main de l'enfant mais ii ne put parler.
Michel, le cœur gonflé, s'en retourna chez
lui.

L'infortuné mineur ne devait pas du
moins fermer les yeux avant d'avoir vu la
pauvreté et la misère s'éloigner de son
foyer grâce aux secours du généreux enfant.

Alors, consolé par les secours de la reli-
gion, Kosluth s'éteignit, et Michel le pleura amèrement.

Michel atteignit l'âge d'homme sans
avoir jamais trahi le secret qui lui avait été
confié. Il vit les enfants de Kosluth avan-
cer dans la vie, et devenir des personnes

utiles et honorables dans leur modeste position.

Georges devint un fermier, position qu'il
ambitionnait beaucoup. Ses vaches et ses
moutons furent renommés au loin.

A vingt-cinq ans, Michel fut institué inspecteur de la mine à laquelle il avait longtemps travaillé. Son talent s'accrut en même temps que sa fortune ; il devint un hom-
intelligent et instruit. Ses collections miné-
ralogiques formèrent le plus beau musée
de Schemnitz.

Et Charlotte, la douce et affectueuse petite fille, que devenait-elle ? Toujours aussi
simple que dans son enfance, elle atteignit son âge de femme. Elle était restée avec
Thérèse, et avait été instruite avec la fille
du comte, dans tous les arts qu'elle pouvait apprendre.

8.

On avait appris, à Charlotte et à Thérèse, à peindre, à lire, à travailler. Accoutumées à leur infirmité, elles ne soupçonnaient pas l'étendue de leur mal. A leur gré, tout était pour le mieux dans leur existence.

FIN.

Limoges. — Imp. Marc Barbou et Cᵉ.

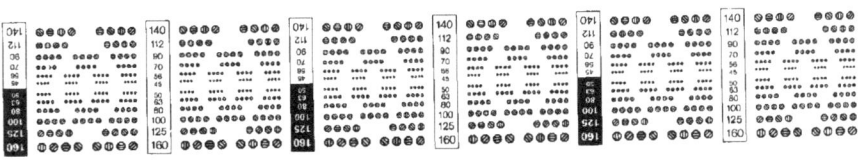

MIRE ISO N° 1
NF Z 43-007
AFNOR
Cedex 7 - 92080 PARIS-LA-DÉFENSE

379.89.70
graphicom

1    10

# BIBLIOTHÈQUE
# NATIONALE

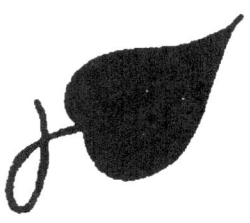

# CHÂTEAU
de
# SABLÉ
# 1984

www.ingramcontent.com/pod-product-compliance
Lightning Source LLC
Chambersburg PA
CBHW051549280626
47162CB00021B/1645